HÉSIODE ÉDITIONS

GUSTAVE FLAUBERT

Corse

Hésiode éditions

© Hésiode éditions.

1 rue Honoré - 93500 Pantin.
ISBN 978-2-38512-200-3
Dépôt légal : Février 2023

Impression Books on Demand GmbH

In de Tarpen 42
22848 Norderstedt, Allemagne

Corse

Quand nous sommes partis de Toulon, la mer était belle et promettait d'être bienveillante aux estomacs faibles, aussi me suis-je embarqué avec la sécurité d'un homme sûr de digérer son déjeuner. Jusqu'au bout de la rade en effet le perfide élément est resté bon enfant, et le léger tangage imprimé à notre bateau nous remuait avec une certaine langueur mêlée de charme. Je sentais mollement le sommeil venir et je m'abandonnais au bercement de la naïade tout en regardant derrière nous le sillage de la quille qui s'élargissait et se perdait sur la grande surface bleue. A la hauteur des îles d'Hyères, la brise ne nous avait pas encore pris, et cependant de larges vagues déferlaient avec vigueur sur les flancs du bateau, sa carcasse en craquait (et la mienne aussi) ; une grande ligne noire était marquée à l'horizon et les ondes, à mesure que nous avancions, prenaient une teinte plus sombre, analogue tout à fait à celle d'un jeune médecin qui se promenait de long en large et dont les joues ressemblaient à du varech tant il était vert d'angoisse. Jusque-là j'étais resté couché sur le dos, dans la position la plus horizontale possible, et regardant le ciel où j'enviais d'être, car il me semblait ne remuer guère, et je pensais le plus que je pouvais afin que les enfantements de l'esprit fassent taire les cris de la chair. Secoué dans le dos par les -coups réguliers du piston, en long par le tangage, de côté par le roulis, je n'entendais que le bruit régulier des roues et celui de l'eau repoussée par elles et qui retombait en pluie des deux côtés du bateau ; je ne voyais que le bout du mât,,et mon œil fixe et stupide placé dessus en suivait tous les mouvements cadencés sans pouvoir s'en détacher, comme je ne pouvais me détacher non plus de mon banc de douleurs. La pluie survint, il fallut rentrer, se lever pour aller s'étendre dans sa. cabine où je devais rester pendant seize heures comme un crachat sur un plancher, fixe et tout gluant.

Le passager se composait de trois ecclésiastiques, d'un ingénieur des ponts et chaussées, d'un jeune médecin corse et d'un receveur des finances et de sa jeune femme qui a eu une agonie de vingt-quatre heures. La nuit vint, on alluma la lampe suspendue aux écoutilles et que le roulis fit remuer et danser toute la nuit ; on dressa la table pour les survivants, après nous avoir fait l'ironique demande de nous y asseoir. Les trois curés et M. Cloquet seuls se mirent à manger. Cela avait quelque chose de triste, et je commençai à m'apitoyer sur mon sort ; humilié déjà de ma position, je l'étais encore plus de voir trois curés boire et manger comme des laïques. J'aurais pris tant de plaisir à me voir à leur place et eux à la mienne ! Les râles me semblaient intervertis, d'autant plus « rue l'un d'eux voyageait pour sa santé – c'était bietf plutôt à lui d'être malade – ; le second s'occupait de botanique – et qu'est-ce qu'un botaniste a à faire sur les flots ? – le troisième avait l'air d'un gros paysan décrassé, indigne de regarder la mer et de rêver, tandis que moi j'aurais eu si bonne grâce à table ! La nuit venue je l'aurais passée à contempler les étoiles, le vent dans les cheveux, la tempête dans le cœur. Le bonheur est toujours réservé à des imbéciles qui ne savent pas en jouir.

Je m'endormis enfin, et mon sommeil dura à peu près quatre heures. Il était minuit quand je me réveillai, j'entendais les trois prêtres ronfler, les autres voyageurs se taisaient ou soupiraient, un grand bruit d'eaux qui venaient et se retiraient se faisait sur les parois du navire, la mer était rude et la mâture craquait ; une faible lueur de lune qui se reflétait sur les flots venait d'en face et disparaissait de temps en temps, et celle de la lampe jetait sur les cabines des ondulations qui passaient et repassaient avec le mouvement du roulis. Alors je me mis à me rappeler Panurge en pareille occurence, lorsque <rla mer remuait du bas abysme » et que tristement assis au pied du grand mât il enviait le sort dès pourceaux ; je m'amusai à continuer le parallèle, tâchant de me faire rire sur le compte de Panurge afin de ne pas trop m'attrister sur moi-même. L'immobilité à laquelle j'étais condamné me fatiguait horriblement et le matelas de crin m'entrait dans les côtes ; au moindre mouvement que je tâchais de faire la nausée me prenait aussitôt, il fallait bien se résigner, la douleur me rendormait.

Nous longions alors les côtes de la Corse, et le temps, de plus en plus rude, me réveilla avec des angoisses épouvantables et une sueur d'agonisant. Je comparais les cabines à autant de bières superposées les unes au-dessus des autres ; c'était en effet une traversée d'enfer, et la barque de Caron n'a jamais contenu de gens qui aient eu le cœur plus malade. D'autres fois j'essayais de m'étourdir, de me tourner en ridicule, de m'amuser à mes dépens ; je me dédoublais et je me figurais être à terre, en plein jour, assis sur l'herbe, fumant à l'ombre et pensant à un autre moi couché sur le dos et vomissant dans une cuvette de fer-blanc ; ou bien je me transportais à Rouen, dans mon lit : l'hiver, je me réveillais à cette heure-là, j'allumais mon feu, et je me mettais à ma table. Alors je me rappelais tout et je pressurais ma mémoire pour qu'elle me rendît tous les détails de ma vie de là-bas, je revoyais ma cheminée, ma pendule, mon lit, mon tapis, le papier taché, le pavé blanchi à certaines places ; je m'approchais de la fenêtre et je regardais les barres du jour qui saillissaient entre les branches de l'acacia ; tout le monde dort tranquille au-dessous de moi, le feu pétille et mon flambeau fait un cercle blanc au plafond. Ou bien c'était à Déville, l'été ; j'entrais dans le bosquet, j'ouvrais la barrière, j'entendais le bruit du loquet en fer qui retentissait sur le bois. Une vague plus forte me réveillait de tout cela et me rendait à ma situation présente, à ma cuvette aux trois quarts remplie.

D'autres fois je prenais des distractions stupides, comme de regarder toujours le même coin de la chambre, ou de faire couler quelques gouttes de citron sur ma lèvre inférieure que je m'amusais ensuite à souffler sur ma moustache, toutes les misères de la philosophie pour adoucir les maux. Le moment le plus récréatif pour moi a été celui où le roulis devenant plus fort a renversé la table et les chaises qui ont roulé avec un fracas épouvantable et ont éveillé tous les malades hurlant : le vieux curé, qui avait les pieds embarrassés dans les rideaux, a manqué d'être écrasé, et le financier, qui sortait du cabinet, est tombé sur le dos de M. Cloquet de la manière la plus immorale du monde. J'ai ri très haut, d'abord parce que j'en avais envie, et, en second lieu, pour faire un peu plus de bruit et me divertir. Le mouvement que je m'étais donné occasionna encore une purgation, qui fut bien la plus cruelle, et de nouvelles douleurs qui ne me quittèrent réellement qu'à Ajaccio sur le terrain des vaches. Quelques heures après être débarqué, le sol remuait encore et je voyais tous les meubles s'incliner et se redresser.

Nous avons eu un avant-goût de l'hospitalité corse dans le cordial et franc accueil du préfet, qui nous a fait quitter notre hôtel et nous a pris chez lui comme des amis déjà connus. M. Jourdan est un homme encore jeune, plein d'énergie et de vivacité. Ancien carbonaro, un des chefs de l'association, sa jeunesse a été agitée par les passions politiques et sa tête a été mise à prix. Il administre la Corse depuis dix ans, ne rencontrant plus maintenant d'opposition que dans ! quelques membres du conseil général qu'il mène assez rudement. Sa maison est pleine de ce bon ton qui part du cœur ; ses filles, qui ne sont pas jolies, sont charmantes. M. Jourdan connaît son département mieux qu'aucun Corse et il nous a donné sur ce beau pays d'excellents renseignements. Je me rappelle un certain soir qu'il a déblatéré contre l'archéologie et je l'ai contredit ; un a« tre jour il a parlé avec feu des études historiques et particulièrement de la philosophie de l'histoire ; je l'ai laissé dire, me demandant en moi-même ce que les gens qui ont passé leur vie à l'étudier entendaient aujourd'hui par ce mot-là, et s'ils le comprenaient bien eux-mêmes. Ce que les plus fervents y voient de plus clair, c'est que c'est une science dans l'horizon, et les autres sceptiques pensent que ce sont deux mots bien lourds à entasser l'un sur l'autre, et que la philosophie est assez obscure sans y adjoindre l'histoire, et que l'histoire en elle-même est assez pitoyable sans l'atteler à la philosophie. Nous sommes partis d'Ajaccio pour Vico le 7 octobre, à 6 heures du matin. Le fiïs de M. Jourdan nous a accompagnés jusqu'à une lieue hors la ville. Nous avons quitté la vue d'Ajaccio et nous nous sommes enfoncés dans la montagne. La route en suit toutes les ondulations et fait souvent des coudeff sur les flancs du maquis, de sorte que fa vue change sans cesse et que le même tableau montre graduellement toutes ses parties et se déploie avec toutes ses couleurs, ses nuances de ton et tous les caprices de son terrain accidenté. Après avoir passé deux vallées, nous arrivâmes sur une hauteur d'où nous aperçûmes la vallée de Cinarca, couverte de petits monticules blancs qui se détachaient dans la verdure du maquis. Au bas s'étendent les trois golfes de Chopra, de Liatnone et de Sagone ; dans l'horizon et au bout du promontoire, la petite colonie de Cargèse. Toute la route était déserte, et l'œil ne découvrait pas un seul pan de mur. Tantôt à l'ombre et tantôt au soleil, suivant que la silhouette des montagnes que nous longions s'avançait ou se retirait, nous allions au petit trot, baissant fa tête, éblouis que nous étions par la lumière qui inondait l'air et donnait aux contours des rochers quelque chose de si vaporeux et de si ardent à* la fois qu'il était impossible à l'œil de les saisir nettement. Nous sommes descendus à travers les broussailles et les granits éboulés, tramant nos chevaux par la bride jusqu'à une cabane de planches où nous avons déjeuné sous une treille de fougères sèches, en vue de la mer. Une pauvre femme s'y tenait couchée et poussait des gémissements aigus que lui arrachait la douleur d'un abcès au bras ; les autres habitants n'étaient guère plus riants ; un jeune garçon tout jaune de la fièvre nous regardait manger avec de grands yeux noirs hébétés. Nos chevaux broutaient dans le maquis, toute la nature rayonnait de soleil, la mer au fond scintillait sur le sable et ressemblait avec ses trois golfes à un tapis de velours bleu découpé en trois festons. Nous sommes repartis au bout d'une heure et nous avons marché longtemps dans des sentiers couverts qui serpentent dans le maquis et descendent jusqu'au rivage. Au revers d'un coteau nous avons vu sortir du bois et allant en sens inverse un jeune Corse, à pied, accompagné d'une femme montée sur un petit cheval noir. Elle se tenait à califourchon, accoudée sur une botte de maïs que portait sa monture ; un grand chapeau de paille, plat, lui couvrait la tête, et ses jupes relevées en arrière par la croupe du cheval laissaient voir ses pieds nus. Ils se sont arrêtés pour nous laisser passer, nous ont salués gravement. C'était alors en plein midi, et nous longions le bord de la mer que le chemin suit jusqu'à l'ancienne ville de Sagom. Elle était calme, le soleil, donnant dessus, éclairait son azur qui paraissait plus limpide encore ; ses rayons faisaient tout autour des rochers à fleur comme des couronnes de diamant qui les auraient entourés ; elles brillaient plus vives et plus scintillantes que les étoiles. La mer a un parfum plus suave que les roses, nous le humions avec délices ; nous aspirions en nous le soleil, la brise marine, la vue de l'horizon, l'odeur des myrtes, car il est des jours heureux où l'âme aussi est ouverte au soleil comme la campagne et, comme elle, embaume de fleurs cachées que la suprême beauté y fait éclore. On se pénètre de rayons, d'air pur, de pensées suaves et intraduisibles ; tout en vous palpite de joie et bat des ailes avec les éléments, on s'y attache, on respire avec eux, l'essence de la nature animée semble passée en vous dans un hymen exquis, vous souriez au bruit du vent qui fait remuer la cime des arbres, au murmure du flot sur la grève ; vous courez sur les mers avec la brise, quelque chose d'éthéré, de grand, de tendre plane dans la lumière même du soleil et se perd dans une immensité radieuse comme les vapeurs rosées du matin qui remontent vers le ciel.

Nous avons quitté la mer au port de Sagone, vieille ville dont on ne voit même pas les ruines, pour continuer notre route vers Vico, où nous sommes enfin arrivés le soir après dix heures de cheval. Nous avons logé chez un cousin de M. Multedo, grand homme blond et doux, parlant peu et se contentant de répéter souvent le même geste de main. Il s'est vaillamment battu contre les Anglais lorsque ceux-ci ont voulu faire une descente à Sagone ; il se sent tout prêt à recommencer. Il y a en effet dans la Corse une haine profonde pour l'Angleterre et un grand désir de le prouver. Sur la route que nous avons faite pour aller à Vico, des paysans nous arrêtaient.

– Va-t-on se battre, demandaient-ils ?

– C'est possible.

– Tant mieux.

– Et contre qui ?

– Contre les Anglais.

A ce mot ils bondissaient de joie et nous montraient en ricanant un poignard ou un pistolet, car un Corse ne voyage jamais sans être armé, soit par prudence ou par habitude. On porte le poignard soit attaché dans le pantalon, mis dans la poche de la veste, ou glissé dans la manche ; jamais on ne s'en sépare, pas même à la ville, pas même à table. Dans un grand dîner à la préfecture et où se trouvait réuni presque tout le conseil général, on m'a assuré que pas un des convives n'était sans son stylet. Le cocher qui nous a conduits à Bogogna tenait un grand pistolet chargé sous le coussin de sa voiture. Tous les bergers de la Corse manquent plutôt de chemise blanche que de lame affilée.

A Vico on commence à connaître ce que c'est qu'un village de la Corse. Situé sur un monticule, dans une grande vallée, il est dominé de tous les côtés par des montagnes qui l'entourent en entonnoir. Le système montagneux de la Corse à proprement parler, n'est point un système ; imaginez une orange coupée par le milieu, c'est là la Corse. Au fond de chaque vallée, de temps en temps un village, et pour aller au hameau voisin il faut une demi-journée de maVche et passer quelquefois trois ou quatre montagnes. La campagne est partout déserte ; où elle n'est pas couverte de maquis, ce sont des plaines, mais on n'y rencontre pas plus d'habitations, car le paysan cultive encore son champ comme l'Arabe : au printemps il descend pour l'ensemencer, à l'automne il revient pour faire la moisson ; hors de là il se tient chez lui sans sortir deux fors par an de son rocher où il vit sans rien faire, paresseux, sobre et chaste. Vico est la patrie du fameux Théodore dont le nom retentit encore dans toute là Corse avec un éclat héroïque ; il a tenu douze ans le maquis, et n'a été tué qu'en trahison. C'était un simple paysan du pays, que tous aimaient et que tous aiment encore. Ce bandit-là était un noble cœur, un héros. H venait d'être pris par la conscription et il restait chez lui attendant qu'on l'appelât ; le brigadier du lieu, son compère, lui avait promis de l'avertir à temps, quand un matin la force armée tombe chez lui et l'arrache de sa cabane au nom du roi. C'était le compère qui dirigeait sa petite compagnie et quf, pour se faire bien voir sans doute, voulut le mener rondement et prouver son zèle pour l'État en faisant le lâche et le traître. Dans la crainte qu'il ne lui échappât il lui mit les menottes aux mains en lui disant : « Compère, tu ne m'échapperas pas », et tout le monde vous dira encore que les poignets de Théodore en étaient écorchés. Il l'amena ainsi à Ajaccio où il fut jugé et condamné aux galères. Mais après la justice des juges, ce fut le tour de celle du bandit. Il s'échappa donc le soir même et alla coucher au maquis ; le dimanche suivant, au sortir de la messe, il se trouva sur la place, tout le monde l'entourait et le brigadier aussi, à qui Théodore cria du plus loin et tout en le mirant : « Compère, tu ne m'échapperas pas ». Il ne lui échappa pas non plus, et tomba percé d'une balle au cœur, première vengeance. Le bandit regagna le maquis d'où il ne descendait plus que pour continuer ses meurtres sur la famille de son ennemi et sur les gendarmes, dont il tua bien une quarantaine. Le coup de fusil parti il disparaissait le soir et retournait dans un autre canton. Il vécut ainsi douze hivers et douze étés, et toujours généreux, réparant les torts, défendant ceux qui s'adressaient à lui, délicat à l'extrême sur le point d'honneur, menant joyeuse vie, recherché des femmes pour son bon cœur et sa belle mine, aimé de trois maîtresses à la fois. L'une d'elles, qui était enceinte lorsqu'il fut tué, chanta sur le corps de son amant une ballata que mon guide m'a redite. Elle commence par ces mots : « Si je n'étais pas chargée de ton fils et qui doit naître pour te venger, je t'irais rejoindre, ô mon Théodore ! »

Son frère était également bandit, mais il n'en avait ni la générosité ni les belles formes. Ayant mis plusieurs jours à contribution un curé des environs, il fut tué à la fin par celui-ci qui, harassé de ses exactions, sut l'attirer chez lui, et sauta dessus avec des hommes mis en embuscade. La sœur du bandit, attirée par le bruit de tous ces hommes qui se roulaient les uns sur les autres, entra aussitôt dans le presbytère. Le cadavre était là, elle se rua dessus, elle s'agenouilla sur le corps de son frère, et agenouillée, chantant une ballata avec d'épouvantables cris, elle suça longtemps le sang qui coulait de ses blessures.

Il ne faut point juger les mœurs de la Corse avec nos petites idées européennes. Ici un bandit est ordinairement le plus honnête homme du pays et il rencontre dans l'estime et la sympathie populaire tout ce que son exil lui a fait quitter de sécurité sociale. Un homme tue son voisin en plein jour sur la place publique, il gagne le maquis et disparaît pour toujours. Hors un membre de sa famille, qui correspond avec lui, personne ne sait plus ce qu'il est devenu. Ils vivent ainsi dix ans, quinze ans, quelquefois vingt ans. Quand ils ont fini leur contumace ils rentrent chez eux comme des ressuscités, ils reprennent leur ancienne façon de vivre, sans que rien de honteux ne soit attaché à leur nom. Il est impossible de voyager en Corse sans avoir affaire avec d'anciens bandits, qu'on rencontre dans le monde, comme on dirait en France. Ils vous racontent eux-mêmes leur histoire en riant, et ils s'en glorifient tous plutôt qu'ils n'en rougissent ; c'est toujours à cause du point d'honneur, et surtout quand une femme s'y trouve mêlée, que se déclarent ces inimitiés profondes qui s'étendent jusqu'aux arrière-petitsfils et durent quelquefois plusieurs siècles, plus vivaces et tout aussi longues que les haines nationales.

Quelquefois ils font des serments à la manière des barbares, qui les lient jusqu'au jour où la vengeance sera accomplie. On m'a parlé d'un jeune Corse dont le frère avait été tué à coups de poignard ; il alla dans le maquis à l'endroit où on venait de déposer le corps, il se barbouilla de sang le visage et les mains, jurant devant ses amis qu'il ne les laverait que le jour où le dernier de la famille ennemie serait tué. Il tint sa parole et les extermina tous jusqu'aux cousins et aux neveux.

J'ai vu aujourd'hui, à Isolaccio, chez le capitaine Lauseler où je suis logé, un brave médecin des armées de la République dont le fils s'est enfui en Toscane et qui lui-même a été obligé de quitter le village où il habitait. Sa fille s'était laissé séduire ; le père de l'enfant néanmoins reconnaissait son fils, mais il refusait de lui donner son nom en se mariant avec la pauvre fille. Il joignit même l'ironie à l'outrage en assurant qu'il allait bientôt faire un autre mariage et en ridiculisant en place publique la famille de sa maîtresse, si bien qu'un jour le fils de la maison a vengé l'honneur de son nom, comme un Corse se venge, en plein soleil et en face de tous. Pour lui, il s'est enfui sur la terre d'Italie, mais son père et ses parents, redoutant la vendetta, ont émigré dans le Fiuoaorbo. '

A Ajacciô j'avais vu également un jeurie docteur qui a quitté Sartene, son pays, trois cousins à lui et son frère ayant déjà été les victimes du même homme et lui menacé d'en être ' la cinquième ; aussi marchait-il armé jusqu'aux dents dans les rues de la ville où nous nous promenions avec lui.

On retrouve en Corse beaucoup de choses antiques : caractère, couleur, profils de têtes. On pense aux vieux bergers du Latium en voyant ces hommes vêtus de grosses étoffes rousses ; ils ont la tête pâle, l'œil ardent et couleur de suie, quelque chose d'inactif dans le regard, de solennel dans tous les mouvements ; vous les rencontrez conduisant des troupeaux de moutons qui broutent les jeunes pousses des maquis, l'herbe qui pousse dans les fentes du granit des hautes montagnes ; ils vivent avec eux, seuls dans les campagnes, et le soir quand on voyage, on voit tout à coup leurs bêtes sortir d'entre les broussailles, çà et là sous les arbres, et mangeant les ronces. Eparpillés au hasard, ils font entendre le bruit de leurs clochettes qui remuent à chacun de leurs pas dans les broussailles. A quelque distance se tient leur berger, petit homme noir et trapu, véritable pâtre antique, appuyé tristement sur son long bâton. A ses pieds dort un chien fauve. La nuit venue, ils se réunissent tous ensemble et allument de grands feux que du fond des vallées on voit briller sur la montagne. Toutes les côtes chaque soir sont ainsi couronnées de ces taches lumineuses qui s'étendent dans tout l'horizon. J'ai vu dans toutes les forêts que j'ai traversées de grands pins calcinés encore debout, qu'ils allument sans les abattre pour passer la nuit autour de ces bûches de cent pieds. Ils reçoivent le baudet qui vient tranquillement se réchauffer à leur feu et ils attendent ainsi le jour tout en dormant ou en chantant. J'ai été surtout frappé de la physionomie antique du Corse dans un jeune homme qui nous a accompagnés le lendemain jusqu'à Guagno. Il était monté sur un petit cheval qui s'emportait à chaque instant sous lui ; son bonnet rouge'brun retombait en avant comme un bonnet de la liberté. Une seule ligne seulement, interrompue par un sourcil noir faisant angle droit, s'étendait depuis le haut du front jusqu'au bout du nez ; bouche mince et fine, barbe noire et frisée comme dans les camées de César ; menton carré : un profil de médaille romaine.

J'ai eu une transition brusque en fait de physionomie, en voyant à la sucrerie de bois de M. Dupuis la face grasse, réjouie et fleurie d'un beau Normand rebondi, qui est venu exprès de Rouen au fond de la Corse, pour être l'économe de l'établissement. M. François, quand nous l'avons vu, était vêtu d'une veste de tricot gris, un sale bonnet de coton lui couvrait les oreilles, et il s'appuyait en se dandinant sur une canne de jonc, convalescent encore de la fièvre intermittente qui a pincé tous mes compatriotes transplantés. Le vin, qui est ici à très bon marché, tout autant que les miasmes végétaux en ont été la cause, « néanmoins, me disait M. François, nous avons toujours mangé nos 250 livres de viande par semaine ». Ce petit homme, égrillard et gaillard, au ventre arrondi et aux couleurs rosées, regrettant du fond de la Corse les bals masqués de Rouen, et les restaurants de sa ville, la première du monde, m'assurait-il, pour la bonne chère, vu à côté de ces hommes du Midi, pâles, sobres, taciturnes, le cœur plein d'orgueil, d'élans purs, de passions ardentes, me semblait comme un vaudeville à côté d'une tragédie antique. Son grand œil bleu malicieux était réjoui de voir quelqu'un de son pays et en me disant adieu il m'a serré la main avec tendresse. Pauvre homme qui s'expatrie sans doute par dévouement pour lui-même et qui, sa bourse remplie, s'en ira bien vite se bouiotter en carnaval, au théâtre, des Arts, et manger la poule de Pavilly chez Jacquinot !

En revenant à Vico, le jour baissait et toutes les montagnes prenaient des teintes vineuses et vaporeuses. Au crépuscule, le paysage agrandissait toutes ses lignes et ses perspectives, et des rayons de soleil couchant passaient en grandes lignes droites lumineuses entre les gorges des montagnes ; tout le ciel était rouge feu, comme incendié par le soleil.

A notre gauche s'élevaient les sept pics de la Sposa avec la tête qui la couronne. Ces sept pics sont autant de cavaliers, et cette tête est la tête d'une femme. Au delà de ces monts, à droite de Vico, dans la forêt, il y a un village ; c'était le village de cette femme. On venait de la marier, mais son époux après les noces était retourné chez lui, et sa femme qui devait l'y suivre était restée seule chez sa mère dans son lit de fille. Sa mère la gardait toujours, et quand elle demandait à partir, elle lui répondait : demain. En vain chaque matin, quand le rossignol chantait dans le maquis, que les feux des bergers s'éteignaient sur les montagnes, les sept cavaliers, les amis de l'époux, arrivaient avec leurs chevaux tout sellés et bridés ; ce n'était pas encore aujourd'hui. Elle attendit donc un jour, deux jours, trois jours, jusqu'à quatre, et la voilà qui part heureuse, chantant sur son cheval, la couronne de myrte blanc sur la tête. Son mari l'attend sans- doute impatient, regardant la route où rien n'apparaît ; il soupire, tout malade d'amour. Déjà les raisins et les olives sont dans la corbeille, la lampe brûle au plafond, le lit est ouvert et attend les heureux. La fille galope sur son cheval, elle et ses cavaliers sont entrâmes avec une vitesse de démon. Sa mère pourtant est restée toute en pleurs sur le seuil de sa porte et elle lui crie : adieu, adieu, mais pour réponse elle n'entend toujours que le roulement du galop qui s'éloigne de plus en plus. Elle la vit encore une fois quand elle fut arrivée au haut de la montagne et qu'elle allait descendre.

Encore une fois elle fit signe de la main, mais l'autre regardait en avant. Elle regardait le cœur tout palpitant, là-bas au fond de la vallée, un toit qui fumait à l'horizon ; elle enviait le torrent qui courait devant elle, les oiseaux qui volaient à tire d'aile vers la demeure de l'époux chéri. L'infâme, dit-on, ne regarda pas sa mère, ne détourna pas la tête, ne fit pas un signe de main ; avec fureur la voilà qui enfonce l'éperon dans le ventre de son cheval pour descendre la montagne plus vite encore qu'elle ne l'avait montée, mais sa bête ne veut pas avancer ; un cavalier qu'elle appelle pour l'aider ne peut descendre de sa sejle, ni le second non plus, ni aucun des sept cavaliers ne peut faire un mouvement ; ils se sentent tous entrer dans le granit, comme dans la vase ; ils poussent des cris de désespoir auxquels répond la voix de la mère irritée qui leur envoie une malédiction éternelle.

Un paysan, monté sur un petit cheval maigre et chassant devant lui d'autres bêtes chargées d'outres, marchait devant nous depuis quelque temps ; il se détournait pour nous examiner et pour écouter ce que nous disions. Sa maigre et vieille figure était animée tout à la fois de ruse et de bonhomie gracieuse, mélange singulier d'expression que j'avais déjà observé sur quelques visages corses et surtout sur celui du bandit Bastianesi que j'avais vu quelques jours auparavant à l'hôpital d'Ajaccio. Son grand œil noir et sombre nous dévorait et épiait les moindres gestes de nos lèvres. Quand il a pu se rapprocher de M. Multedo, il lui a demandé qui nous étions, où nous allions, et tout ce que nous avions dit depuis qu'il marchait près de nous. Avec nos habitudes de politesse française, une telle curiosité eût été récompensée d'un refus net et formel d'y satisfaire. Rien n'est défiant, soupçonneux comme un Corse. Du plus loin qu'il vous voit, il fixe sur vous un regard de faucon, vous aborde avec précaution, et vous scrute tout entier de la tête aux pieds. Si votre air lui plah, si vous le traitez d'égal à égal, franchement, loyalement, il sera tout à vous dès la première heure, il se battra pour vous défendre, mentira auprès des juges, et le tout sans arrière-pensée d'intérêt, mais à charge de revanche. M. Multedo lui a donc dit qu'il nous l'avait montré comme étant l'oncle de Théodore et qu'il venait de nous raconter l'histoire de ses neveux : « Il n'y a rien de déshonorant, a-t-il dit, vous avez bien fait ». Puis il s'est retourné vers nous et a tâché de lier conversation en italien, nous faisant bonne mine et nous traitant en amis jusqu'au moment où il a pris un chemin de traverse dans le maquis. Nous sommes repartis pour Ajaccio le lendemain matin quand la lune nous éclairait encore ; le neveu de M. Multedo nous a fait la conduite jusqu'à Sagone, ainsi que le médecin du pays qui, tout en chevauchant près de nous, nous conte des histoires corses. Après avoir dit adieu à ces braves gens, nous avons repris le bord de la mer. C'était la même route, dans les mêmes maquis pleins d'arbousiers rouges et de myrtes en fleurs, le même azur sur les flots calmes que le soleil faisait resplendir. Ça et là nous voyions sur les eaux de grands cercles s'étendre et diminuer peu à peu, c'étaient des dauphins qui se jouaient, comme des chevaux dans une prairie et sortaient de leur retraite marine pour voir le soleil du matin.

A Calcatoggio, nous avons déjeuné sous le même lit de fougères sèches, en vue des trois golfes à qui j'ai dit un tendre et dernier adieu.

Il y a à Ajaccio une maison que les hommes qui naîtront viendront voir en pèlerinage ; on sera heureux d'en toucher les pierres, on en gravira dans dix siècles les marches en ruines, et on recueillera dans des cassolettes le bois pourri des tilleuls qui fleurissent encore devant la porte, et, émus de sa grande ombre, comme si nous voyions la maison d'Alexandre, on se dira : c'est pourtant là que l'Empereur est né !

Elle se trouve sur la place Laetitia et au coin de la rue Saint-Charles. A l'extérieur elle est peinte en blanc, toutes ses fenêtres ont des volets noirs ; la porte est basse et s'ouvre sur un escalier en marbre noir de même couleur, et dont la rampe en fer date de la même époque. La main de l'Empereur s'est appuyée dessus, à cette place où vous mettez la vôtre. Les chambres sont généralement belles, riches, ornées de rouge la plupart, et décorées dans le goût de la république ; le salon est grand, un canapé à droite en entrant, des glaces, un lustre en verre. La chambre où il est né donne sur une terrasse ; les volets qui étaient fermés quand nous y entrâmes, nous laissaient à peine voir le plancher, et de grandes barres de jour se dessinaient en blanc sur le parquet ciré, et le portrait de Napoléon, don qu'il a fait de Sainte-Hélène, était suspendu au fond. Le manteau impérial, couvert d'abeilles d'or, saillissait dans l'ombre malgré le crépuscule. On nous a ouvert les fenêtres, et le jour est entré et a inondé toute la pièce, découvrant tout, comme un drap qu'on eût retiré. Alors nous avons vu la cheminée, les murs, les tableaux, le tapis, le sofa, les statues ; les meubles étaient adossés à la muraille tendue de papier grisâtre à petis pois verts ; tout était propre, rangé, habité encore. Mais il n'y a plus le fauteuil où sa mère le mit au monde, ce n'est plus le même lit non plus. Sur la table de nuit se trouvait un livre, et retourné de manière à ne pouvoir en lire le titre. Je le pris et je lus : « Manuel du cultivateur provençal indiquant les divers modes d'engrais, etc. » ; je reposai le livre avec dégoût et m'avançai dans l'autre pièce. C'est là, à l'entrée et près de la porte, le vieux canapé de la famille, fané, à franges arrachées, aux couleurs ternies ; il est encore souple, on enfonce dans son duvet et on s'y met à rêver à bien des choses grandes.

C'est le lendemain matin, à 3 heures, que nous avons commencé notre grande tournée, expédition pour Bastia à travers la Corse. Après avoir embrassé notre excellent hôte, nous sommes partis dans sa voiture qui devait nous mener jusqu'à Bogogna. Le capitaine Laurelli nous accompagne et nous sommes conduits par l'ancien cocher de Pozzo di Borgo, le neveu du ministre russe assassiné il y a quelque temps dans sa voiture, en retournant chez lui. On nous avait montré sur la route de Vico la place où le meurtre s'accomplit, et nous vîmes les trous que les balles ont fait dans le granit de la route. Lestement emportés par nos deux chevaux arabes, nous arrivons vers midi à Bocognano, où nous déjeunons. Chemin faisant, le capitaine nous a raconté des histoires de bandits. M. Laurelli est un ancien bandit lui-même qui a tenu trois ans le maquis. Je ne me rappelle plus bien son histoire, mais c'est toujours l'injustice d'un général qui l'a forcé à fuir dans la campagne ; il était à cette époque maire de la commune cTIsolaccio. C'est lui qui, depuis, a purgé tout le Fiumorbo des bandes qui l'infestaient, et qui le premier a fait payer l'impôt à ce pays que l'on ne traversait pas, il y a vingt ans, sans faire son testament. Il nous a indiqué les mouvements stratégiques opérés par les voltigeurs pour s'emparer des bandits et nous a donné sur cette matière tous les documents que nous lui avons demandés. Rarement ou, pour mieux dire, jamais un bandit ne se rend ; attaqué, il se bat tant que sa cartouchière est pleine, et sa dernière balle, il la réserve pour lui. Quelquefois, quand le maquis où il se tient est cerné de toutes parts, le bandit reste couché à plat ventre sous les broussailles et échappe ainsi à toute investigation ; c'est même la manière la plus sûre.

Le capitaine nous raconta l'histoire d'un bandit des environs de Bastia qu'il a tué de sa main. D'une force prodigieuse et d'une férocité analogue, cet homme exerçait sur la Corse entière un absolutisme asiatique : il assignait aux pères et aux maris le jour et le lieu où ils devaient lui envoyer leurs filles et leurs femmes. Quand le capitaine l'eut tué, on fit une fête générale dans le pays, et depuis Bastia jusqu'à Isolaccio, tous les paysans se pressaient à sa rencontre pour le remercier.

A Bocognano, nous trouvons nos chevaux et nous piquons vers la forêt de Vizzavona. Le capitaine s'est fait escorter par deux voltigeurs. Est-ce pour nous faire honneur ? Est-ce par prudence ?

ÉCRIT AU RETOUR.

J'en étais resté à Marseille de mon voyage, je le reprends à quinze jours de distance. Me voilà réinstallé dans mon fauteuil vert, auprès de mon feu qui brûle, voilà que je recommence ma vie des ans passés. Qu'ont donc les voyages de si attrayant pour qu'on les regrette à peine finis ? Oh ! je rêverai encore longtemps des forêts de pins où je me promenais il y a trois semaines, et de la Méditerranée qui était si bleue, si limpide, si éclairée de soleil il y a quinze jours ; je sens bien que cet hiver, quand la neige couvrira les toits et que le vent sifflera dans les serrures, je me surprendrai à errer dans les maquis de myrtes, le long du golfe de Liamone, ou à regarder la lune dans la baie d'Ajaccio.

Maintenant, les arbres ici n'ont plus de feuilles, et la boue est dans les chemins. J'entends encore le chant de nos guides et le bruit du vent dans les châtaigniers ; c'est pour cela que je reprendrai souvent ces notes interrompues et reprises à des places différentes, avec des encres si diverses qu'elles semblent une mosaïque. Je les allongerai, je les détaillerai de plus en plus, ce sera comme un homme qui a un peu de vin dans son verre et qui y met de l'eau pour délayer son plaisir et boire plus longtemps. Quand on marche on veut l'avenir, on désire avancer, on court, on s'élance, regardant toujours en avant et, la route à peine finie, on détourne la tête et l'on regrette les chemins parcourus si vite, de sorte que l'homme, quoi qu'on en dise, aspire sans cesse au passé et à l'avenir, à tout ce qui n'est pas de sa vie actuelle en un mot, puisqu'il se reporte toujours vers le matin qui n'est plus, vers la nuit qui n'est pas encore (réflexion neuve).

Notre guide s'appelle Francesco, et nous faisons connaissance avec lui. Nous n'avons pas voulu reprendre celui qui nous avait conduits à Vico. Charles était un gros garçon joufflu, gai, obséquieux les premiers jours, mais d'une tendresse si exagérée pour ses chevaux qu'il nous défendait presque de les faire trotter. Nous nous sommes débarrassés de sa tutelle, et son successeur paraît plus complaisant ; petit, maigre et hâve, il forme en tous points contraste parfait avec l'autre ; le temps nous dira si nous avons gagné au change.

A une lieue environ de Bocognano, au haut de la vallée dont ce village tient la base, on quitte la grande route d'Ajaccio à Bastia et l'on entre dans la forêt de Vizzavona. Le chemin devient de plus en plus ardu et difficile, si bien qu'il faut mettre pied à terre. Chacun marche comme il peut. Vers les 4 heures du soir nous sommes arrivés sur un plateau où nos montures et nous-mêmes avons soufflé à l'aise. Tout à l'heure nous avons failli peut-être avoir une aventure : un coup de fusil est parti devant nous sur la montagne, le capitaine s'arrête, appelle un de ses hommes, lui demande sa carabine, l'arme, et marche devant nous en nous disant de le suivre. Les arbres étaient si hauts, le soleil si resplendissant, toute la nature en un mot était si belle que nous n'avions guère peur, car on ne se figure bien une tragédie que de nuit et par un orage ; mais en plein jour, sous un beau ciel, quand les oiseaux chantent dans le bois, quand, les pieds tout fatigués, on se repose à marcher sur les tapis d'herbes, le cœur se dilate, s'épanouit, aspire en lui la vie luxuriante qui l'entoure, les couleurs qui brillent, tout le bonheur qui se présente. Comment croire alors à quelque chose de triste ? Cela pouvait être pourtant un bandit qui eût quelque querelle avec le capitaine, une vengeance à assouvir sur lui, mille choses probables. Comment se fait-il alors que ces préparatifs de guerre m'aient paru ridicules, et que je me sois diverti de penser qu'ils n'étaient pas peut-être inutiles ? Et à quelques pas de là nous avons rencontré des chasseurs. On voit dans les forêts, de temps en temps, de grands arbres calcinés qui sont encore debout au milieu de leurs frères tout verts et tout chargés de feuilles. Quand les bergers y ont rallumé le feu, et qu'il fait un orage, ils se brisent et tombent par terre ; quelquefois, leurs branches s'embarrassent dans celles des arbres voisins, et ils restent ainsi suspendus dans leurs bras ; les vivants tiennent embrassés les morts qui allaient tomber. Nous avons laissé passer devant nous nos compagnons et nous sommes restés, M. Cloquet et moi, à nous amuser comme des enfants, à faire les hercules du Nord, en soulevant avec une main des arbres de trente pieds et nous les brisant sur le dos en riant aux éclats. C'était chose assez comique que de nous voir enlever de terre des poutres énormes et les lancer à quarante pas aussi facilement que nous eussions fait d'une badine. Après nous être ainsi divertis une bonne demi-heure et avoir ri tout notre soûl, nous avons rejoint nos gens à qui nous avons dit que nous venions de faire des observations botaniques. Il était tard quand nous sommes arrivés à Ghisoni, maigre village où il me semblait impossible de loger des honnêtes gens. On nous a conduits devant une grande maison grise et délabrée. Quoiqu'il fût nuit, je ne voyais aucune lumière aux fenêtres, et la porte qui s'ouvrait sur la rue était celle d'une salle basse où grognaient des pourceaux. A un angle de cette pièce enfumée était placée une large échelle en bois et dont les marches peu profondes ne permettaient de monter qu'en se tournant de côté. Nous avons trouvé le mahre et sa femme qui ne nous attendaient que le lendemain. Ils se sont donc beaucoup excusés sur ce qu'ils avaient déjà dîné, et se sont mis tout de suite à préparer notre repas. La maîtresse était une grande femme maigre, vêtue d'une robe bleue faite sans doute d'après une gravure de mode du temps de l'Empire, c'est là, du reste, tout ce que je puis dire d'elle, car elle ne nous a pas adressé un mot et nous a servis silencieusement et respectueusement comme une servante. C'est, du reste, une chose à remarquer en Corse que le rôle insignifiant qu'y joue la femme ; si son mari tient à la garder pure, ce n'est ni par amour ni par respect pour elle, c'est par orgueil pour lui-même, c'est par vénération pour le nom qu'il lui a donné. D'ailleurs, il n'y a entre eux deux aucune communication d'idées et de sentiments ; le fils, même enfant, est plus respecté et plus maître que sa mère.

Tandis que vous voyez l'homme bien vêtu, portant une veste de velours, un bon pantalon de gros drap, la pipe à la bouche et le fusil sur l'épaule, chevauchant à son aise sur une bonne bête, sa femme, à quelques pas de là, le suit pieds nus et portant tous les fardeaux. Vous voyagerez dans toute la Corse, vous y serez partout bien reçu, on vous accueillera d'une manière cordiale qui vous ira jusqu'au cœur, et le lendemain matin votre hôte pleurera presque en vous quittant ; de sa famille, vous ne connaîtrez que lui. En descendant de cheval vous avez bien vu des enfants jouer devant la porte, ce sont les siens, mais ils ne paraissent pas à table ; leur mère ne se montre presque jamais et reste avec eux tant qu'ils sont jeunes. Les liens de famille sont forts, il est vrai, mais à la manière antique, entre frères,

O Dans un curieux mémoire que M. Lauvergne a publié sur la Corse, il dit qu'il a vu un jeune garçon de douze ans environ s'amuser à tenir sa mère couchée en joue au bout de son fusil ; il lui faisait faire ainsi toutes les évolutions qu'il lui commandait et la faisait danser comme un chien avec un fouet. Le père était à deux pas de là et riait beaucoup de cette plaisanterie barbare. entre cousins, entre alliés, même à des degrés éloignés. Quand un membre de la famille est insulté, tout le reste est solidaire de sa vengeance ; s'il succombe c'est à eux de le remplacer, de sorte qu'instantanément il se forme une association de cinquante à soixante hommes, tous servant la même cause, gardant le même secret, animés de la même haine.

La femme compte pour peu de chose et on ne fa consulte jamais pour prendre mari. Quand un fils a 14 ou 15 ans, son père lui dit qu'il est temps d'être homme, qu'il faut se marier ; if lui choisît lui-même une femme, les deux familles négocient longtemps l'affaire et avec toutes les précautions possibles, le pacte d'alliance se conclut, les noces se font avec pompe, on y chante des chansons guerrières ; puis les enfants arrivent dans le ménage, on leur apprend à tirer le fusil, on leur enseigne un peu de français, ils vont à la chasse et c'est là toute fa vie, une vie de paresse, d'orgueil et de grandeur.

Nous avons dîné tard ; le capitaine nous a servis, comme s'il eût été le maitre de la maison. Un avoué de Corte, attiré dans le pays par les affaires de la Compagnie Corse, se chauffait au coin de la cheminée et nous a tenu conversation, car notre hôte restait à distance et avait l'air tout humilié de recevoir des personnages. Après le dîner, on m'a conduit dans une pièce délabrée où je devais coucher. Les murs étaient barbouillés de chaux, une petite gravure noire représentant un moine italien canonisé était à la tête du grand lit qui en occupait l'angle ; la petite fenêtre donnait sans doute sur la campagne ; la lune n'était pas encore levée, je me mis à me déshabiller, éclairé par un flambeau à l'huile placé sur une chaise près de mon chevet et dont la faible lueur néanmoins me faisait très bien voir que les draps n'étaient ni propres ni de fine toile. Je fis alors des réflexions philosophiques et je me dis que sans doute les gens qui dormaient dans ce lit-là devaient y bien dormir n'ajant ni amour contenu, ni ambition rentrée, ni aucune des passions du monde moderne. Tout cela était si loin de la France, si loin du siècle, resté à une époque que nous rêvons maintenant dans les livres, et je me demandais (tout en graissant d'huile mes cuisses rougies) si après tout, quand on voyagera en diligence, quand il y aura au lieu de ces maisons délabrées des restaurants à la carte, et quand tout ce pays pauvre sera devenu misérable grâce à la cupidité qu'on y introduira, si tout cela enfin vaudra bien mieux ; et je comparais le bruit du vent dans les arbres, celui des clochettes de chèvres sur les montagnes, au roulement des voitures dans la rue de Rivoli, au bruit des pompes à feu dans la vallée de Déville. Je me rappelais alors la baie d'Ajaccio et la molle langueur qui vous prend dans la plaine de Liamone, en vue de ces trois lacs que j'aime tant ; je me' rappellerai le soleil de midi, les jours fuyants sur le tronc des hêtres, la lune le matin dans la vallée de Bocognano, et reportant les jeux sur cette chambre si calme, si paisible, je pensais à d'autres chambres où il y a des tapis, des velours, des rideaux de mousseline, etc. Je m'endormis enfin, m'amusant peu de mes réflexions et harassé de la course du jour et de mes exercices acrobatiques. Non, non, on ne dort pas mieux (de corps du moins) à Ghisoni que dans des lits de pourpre (style poétique, car je n'ai jamais couché que dans des draps blancs) ; cela veut dire que les puces m'ont tenu éveillé pendant trois heures, quelque invention que j'aie prise pour les fuir. J'avais éteint mon flambeau, et la lune avec tous ses rayons entrait dans ma chambre et m'éclairait comme en plein jour. Je me levai et je regardai la campagne, je voyais les chèvres marcher dans les sentiers du maquis et sur les collines ; çà et là les feux de bergers, j'entendais leurs chants ; il faisait si beau qu'on eût dit le jour, mais un jour tout étrange, un jour de lune. Etant arrivé de nuit dans le village, je n'avais pu voir le paysage où il se trouve placé, mais il m'était maintenant facile d'en saisir tous les accidents, tout aussi bien qu'en plein soleil. Entre les gorges des montagnes il y avait des vapeurs bleues et diaphanes qui montaient et qui semblaient se bercer à droite et à gauche, comme de grandes gazes d'une couleur indéfinissable qu'une brise aurait agitées sur le flanc de toutes ces collines. Leur grande silhouette se projetait en avant, de l'autre côté de la vallée ; la lumière s'étendait, claire et blanche, autour de la lune, et devenait de plus en plus humide et tendre en s'approchant du haut faite inégal des montagnes. Tous les contours, toutes les lignes saillissaient librement, grâce à leur teinte grise qui surplombait les grandes masses noires du maquis. Le ciel semblait haut, haut, et la lune avait l'air d'être lancée et perdue au milieu ; tout alentour elle éclairait l'azur, le pénétrait de blancheur, laissant tomber sur la vallée en pluie lumineuse ses vapeurs d'argent qui, une fois arrivées à la terre, semblaient remonter vers elle comme de la fumée.

Nous sommes repartis le lendemain de bonne heure, après que M. Cloquet eut vu, je crois, tous les malades du pays qui encombraient la maison de notre hôte avec les curieux venus pour nous voir. Ils sont amenés par un pharmacien italien, grand gaillard blond aux jeux bleus, qui a plutôt l'air d'un Bas-Normand que d'un Parmesan, sauf toutefois la vivacité faciale. C'est un réfugié politique qui paraît fort patriote ; il attend le signal de l'autre rivage pour laisser là la Corse et se mettre le fusil sur l'épaule ; il nous parle beaucoup de M. Libri dont il se dit l'ami intime.

Chemin faisant, je raconte au capitaine mes doléances et mes malédictions de la nuit passée ; ce pauvre Laurelli avait été encore plus mal traité que moi, il ne s'est pas déshabillé et s'est couché sur une malle.

La route est étroite, monte et descend continuellement. Nous sommes au fond d'une vallée dont les deux côtés sont couverts de pins immenses qui font partie de la forêt de Sorba.

Nous nous arrêtons à une rivière qui sépare celle-ci de la forêt de Marmano. Là nous nous sommes assis, et avons dévoré les provisions que le capitaine avait fourréésédans ses sacoches. On a monté dans les arbres pour casser des branches vertes pour nos chevaux qui nous regardent d'un œil d'envie. L'herbe est fraîche, de grands troncs dépouillés et tout blancs s'étendent en travers du torrent, les rochers et les pierres qui sont dans son lit le font murmurer ; les grands arbres nous entourent, et sur leur faîte le soleil commence à darder vigoureusement.

Nous sommes accompagnés par un brave homme de Ghisoni qui doit nous indiquer la route d'isolaccio, qu'ignorent également notre guide et le capitaine. Il marche à côté de ce dernier et lui parle sans s'arrêter pendant plus d'une heure, sans que celui-ci lui réponde un seul mot.

Nous avons monté depuis le matin et nous entrons dans la forêt de Marmano. Le chemin est raide et va en zigzag à travers les sapins, dont le tronc a des lueurs du soleil qui pénètre à travers les branches supérieures et éclaire tout le pied de la forêt ; l'air embaume de l'odeur du bois vert. Il ne faut pas écrire tout cela.

De temps en temps les arbres avaient l'air de nous quitter, et nous passions alors devant des huttes de bergers, faites de cailloux rapportés et de branchages morts. Enfin nous parvînmes, vers le soir, sur le plateau appelé le Prato. Nous étions placés sur une des plus hautes montagnes de la Corse et nous voyions à nos côtés toutes les vallées et toutes les montagnes qui s'abaissaient en descendant vers la mer ; les ondulations des coteaux avaient des couleurs diversement nuancées suivant qu'ils étaient couverts de maquis, de châtaigniers, de pins, de chênes-liège ou de prairies ; en face de nous et dans un horizon de plus de trente lieues, s'étendait la mer-Tyrrhénienne, comprenant l'île d'Elbe, Sainte-Christine, les îles Caprera, un coin de la Sardaigne ; à nos pieds s'étendait la plaine d'Aleria, immense et blanche comme une vue de l'Orient, où allaient se rendre toutes les vallées qui partaient en divergeant du centre où nous étions ; et là, en face, au fond de cette mer bleue où les rayons de soleil tracent sur les flots de grandes lignes qui scintillent, c'est la Romagne, c'est l'Italie ! Nous étions descendus de nos chevaux et nous les avions laissé aller brouter l'herbe courte qui pousse entre le granit. Nous nous sommes avancés pour contempler plus à notre aise un roc escarpé en espèce de promontoire. On ne saurait dire ce qui se passe en vous à de pareils spectacles ; je suis resté une demi-heure sans remuer, et regardant comme un idiot la grande ligne blanche qui s'étendait à l'horizon. Isolaccio est situé au fond des gorges que nous dominions. Du Prato il faut bien trois heures pour y atteindre. Nous avons descendu par des chemins abrupts, à l'aventure, comme nous avons pu.

Tout le revers de la montagne est couvert d'une forêt de hêtres qui poussent on ne sait comment dans les granits ; de grands glacis s'étendent les uns sur les autres ; nos malheureuses bêtes, que personne ne conduisait, hésitaient à chaque pas à avancer et piétinaient de devant, toutes tremblantes de peur ; nous-mêmes, à l'aide de grands bâtons que nous avions ramassés, ne pouvions faire autrement que de marcher à pas de géants et de sauter tant bien que mal par-dessus les racines qui ressortaient du sol et s'étendaient au loin au milieu des pierres.

Nous avons trouvé au bas de cette côte quelques amis du capitaine (tous armés de fusils et accompagnés de chiens), qui étaient venus à sa rencontre. Il faisait presque nuit, le vent du soir venait sécher la sueur qui trempait nos cheveux ; comme je me sentais bon jarret, je fis lestement à pied la distance qui nous séparait du village, le maquis alors n'avait pas plus de deux pieds de hauteur ; cela reposait de courir dans les ronces et les joncs marins, après avoir sauté sur du granit. Enfin au détour d'une petite colline, nous aperçûmes des champs enclos de haies et nous entendîmes des chiens japper, et bientôt nous arrivâmes au village.

La maison du fils du capitaine, où nous devions loger, se trouve la dernière du pays. A la voir extérieurement, avec toutes ses vitres cassées, et ses sombres murs gris, je présumais un triste gîte ; mais deux gros enfants joufflus et bruns, qui vinrent embrasser leur grand-père à la descente de cheval, nous montrèrent à leur bon air et à leurs vêtements propres que mes prévisions étaient injustes, et je me sentis alors soulagé de tout l'espoir d'un bon dîner et d'un bon lit. Les gens qui restent non loin de leur feu, les pieds dans les pantoufles, et à qui l'on vient dire tous les jours, quand il est six heures, que la table est mise, s'étonnent quelquefois dans les récits de voyage de la voracité et des joies bestiales de celui qu'ils lisent ou qu'ils écoutent ; il faut avoir passé plusieurs jours à chevaucher sous un soleil de 23 degrés, pendant douze ou treize heures, s'arrêtant une fois dans la journée pour boire l'eau d'une fontaine et manger du pain sec, avoir marché de longues heures sur des pointes de marbre ou de granit, pour sentir la joie inexprimable (et ne plus la condamner) de dévorer en silence le bouc rôti sur les charbons et de s'étendre ensuite dans une couche molle et propre.

Un jeune homme de 22 ans environ, en veste de velours vert, nu-tête et de manières graves, se tenait sur le perron ; c'était le fils de M. Laurelli. H nous a fait monter en haut où nous avons dîné comme des affamés, en compagnie d'un sergent voltigeur qui a gardé le silence tout le repas et qui, la bouche béante, à chaque mot que nous disions avait l'air d'attendre les suivants comme de bons morceaux.

Le capitaine Laurelli est le propriétaire des eaux minérales de Pietra-Pola, situées à environ deux lieues d'isolaccio dans la direction de la mer. Le médecin du pays nous y a accompagnés (c'est le même dont j'ai parlé plus haut), il s'appuyait sur une petite canne en jonc très courte et terminée par une longue pointe en fer ; il n'estime les médecins qu'autant qu'ils sont bons philosophes, mot qu'il nous répétait souvent. Cela étonne et fait plaisir à la fois de trouver au milieu des forêts, à trente lieues d'une ville, dans un désert pour ainsi dire et chez des gens qui n'ont jamais quitté leur village, tout le bon sens pratique de ceux qui ont vécu longtemps dans le monde, une finesse rare dans les jugements sur les hommes et sur les choses de la vie. L'esprit des Corses n'a rien de ce qu'on appelle l'esprit français ; il y a en eux un mélange de Montaigne et de Corneille, c'est de la finesse et de l'héroïsme, ils vous disent quelquefois sur la politique et sur les relations humaines des choses antiques et frappées à un coin solennel ; jamais un Corse ne vous ennuiera du récit de ses affaires, ni de sa récolte et de ses troupeaux ; son orgueil, qui est immense, l'empêche de vous entretenir de choses vulgaires.

Le capitaine nous avait parlé d'un de ses neveux retiré au maquis pour homicide et nous avait proposé de nous le faire voir. A la nuit close, et sur les dix heures du soir, il fut introduit dans la maison. Comme la salle où nous avions mangé était pleine d'amis qui étaient venus faire visite après dîner, et celle où avait couché M. Cloquet se trouvant au fond, ce fut donc dans la mienne, au haut de l'escalier qui donnait sur la rue, qu'on le fit entrer. Le capitaine nous fit signe et nous sortîmes comme pour aller nous coucher.

Le bandit se tenait au fond de ma chambre, le flambeau placé sur la table de nuit me le fit voir dès en entrant. C'était un grand jeune homme, bien vêtu et de bonne mine, sa main droite s'appuyait sur sa carabine. Il nous a salués avec une politesse réservée et nous nous sommes regardés quelque temps sans rien dire, embarrassés un peu de notre contenance. Il était beau, toute sa personne avait quelque chose de naïf et d'ardent, ses yeux noirs qui brillaient avec éclat étaient pleins de tendresse à voir des hommes qui lui tendaient la main ; sa peau était rosée et fraîche, sa barbe noire était bien peignée ; il avait quelque chose de nonchalant et de vif tout à la fois, plein de grâce et de coquetterie montagnarde. Il n'y a rien de bête comme de représenter les scélérats l'œil hagard, déguenillés, bourrelés de remords. Celui-là, au contraire, avait le sourire sur les lèvres, des dents blanches, les mains propres ; on eut plutôt dit qu'il venait de sortir de son lit que du maquis. Il y a pourtant trois ans qu'il y vit, trois ans qu'il n'a été reçu sous un toit, qu'il couche l'hiver dans la neige et que les voltigeurs et les gendarmes lui font la chasse comme à une bête fauve. Brave et grand cœur qui palpite seul et librement dans les bois, sans avoir besoin de vous pour vivre, plus pur et plus haut placé, sans doute, que la plupart des honnêtes gens de France, à commencer par le plus mince épicier de province pour monter jusqu'au roi !

A côté de lui se tenait un autre homme maigre et noir, une figure pleine de feu, grimaçant et pétillant d'expression rustique : c'est le parent qui communique avec lui, lui fait parvenir les vivres et les nouvelles. Tout le temps il est resté assis sur une malle qui se trouvait là et a gardé son bonnet de laine, il parlait à voix basse et très vivement.

Nous avons causé longtemps ensemble, nous nous sommes occupés des moyens de le faire sortir de la Corse. Comme son signalement au besoin eût pu passer pour le mien, je lui ai proposé mon passeport, mais l'autre homme en a tiré un autre de sa poche qu'il s'était procuré sous un faux nom ; de ce côté les mesures sont bien prises. Il a été question de le faire aller à la sucrerie de M. Dupuis et de là on l'aurait fait passer en Normandie avec les ouvriers qui retourneraient chez eux, mais il aborderait peut-être plus difficilement sur la terre de France que sur celle d'Italie ; il est donc décidé que la première barque que l'on pourra trouver à Sagone doublera Bonifacio et viendra le prendre la nuit sur le rivage de Fiumorbo. De là il ira à Livourne, tâchera de s'accrocher à quelque commerçant d'Alexandrie ou de Smjrne et de passer avec lui en Égypte où il prendra du service.

Au bout d'une heure il nous a quittés, le capitaine lui a versé une goutte, deux doigts d'eau-de-vie ; enfin il nous a dit adieu à plusieurs reprises, nous lui avons souhaité bonne réussite, il nous a longuement serré la main et nous a quittés le cœur tout navré de tendresse.

Nous devions aller coucher le lendemain soir à Corte, il nous fallait traverser tout le Fiumorbo et fa plaine d'AIeria. C'était une forte journée, aussi commençâmes-nous à 4 heures du matin. Comme if faisait encore froid, nous marchâmes deux heures environ pour nous échauffer ; le fils LaureHi nous a accompagnés jusqu'au bout du pays, et là nous nous sommes séparés. Car c'est là voyager ! On arrive dans un lieu, des amitiés se lient, et à l'heure où elfes vont s'accomplir, tout se défait, et l'on sème ainsi partout quelque chose de son cœur. Les premiers jours cela attriste, on s'arrache difficilement de tout ce que l'on a vu qui vous plaît, mais l'habitude venant, il ne vous prend plus envie de regarder en arrière, on pense toujours au lendemain, quelquefois au jour même, jamais à la veille ; l'esprit, comme les jambes, s'accoutume à vous porter en avant, et comme dans un panorama perpétuel, tout passe près de vous rapidement, vu au galop de votre course. Vallées pleines d'ombre, maquis de myrtes, sentiers sinueux dans les fougères, golfes aux doux murmures dans les mers bleues, larges horizons de soleil, grandes forêts aux pins décharnés, confidences faites dans le chemin, figures qu'on rencontre, aventures imprévues, longues causeries avec des amis d'hier, tout cela glisse emporté et vite s'oublie pour l'instant, mais bientôt se resserre dans je ne sais quelle synthèse harmonieuse qui ne vous présente plus ensuite qu'un grand mélange suave de sentiments et d'images où la mémoire se reporte toujours avec bonheur, vous replace vous-même et vous les donne à remâcher, embaumés cette fois de je ne sais quel parfum nouveau qui vous les fait chérir d'une autre manière.

A Prunelli, le capitaine nous a fait arrêter pour dire le bonjour à deux de ses filles mariées dans ce village. C'était là le quartier général des Corses qui rossèrent si élégamment le marquis de Rivière, ambassadeur à Constantinople. Déjà nous avons vu à la préfecture le général Paoli, à qui la gloire de cette guerre est revenue en entier ; néanmoins, c'est bien notre ami le capitaine Laurelli qui, dans le pays, passe pour y avoir eu la part la plus active. La veille, en allant aux eaux de Pietra-Pola, il nous avait montré tous les lieux où l'action s'est portée, en homme qui parle de ce qu'il a vu ; chez lui, à Corte, il a conservé les étriers du général Sebastiani qui était descendu de cheval pour fuir plus à l'aise dans la campagne. Nous sommes descendus à travers de grands maquis et des chênes-liège jusqu'à l'immense plaine qui forme tout le littoral oriental de la Corse et qui s'étend depuis Bonifacio jusqu'à Bastia. Elle est inculte dans sa plus grande partie, couverte çà et là d'un maquis dont fa touffe de verdure paraît de loin au milieu de cette terre blanche ; on en a brûlé, manière de défricher adoptée dans toute la Corse, mais tous les efforts, la plupart du temps, n'ont pas été au delà et les jeunes pousses reparaissent entre les arbustes calcinés. De temps à autre un grand chêne-liège décharné élève son branchage clairsemé sans donner d'ombrage ; ailleurs, nous allons dans des sentiers à travers de hautes fougères, et chacun voit la tête de celui qui le précède passer rapidement, en mille détours, le long de leur tige. Les voltigeurs nous ont accompagnés jusqu'à la rivière, et nous avons continué seuls notre route. Le pays est désert, vide d'habitants ; ceux qu'on rencontre dans tout le Fiumorbo sont jaunes de fièvre, vêtus de haillons et ont l'air triste. La misère dans le Nord n'a rien de bien choquant, le ciel est gris ; toute la nature est lugubre ; mais ici, quand le soleil répand tant de splendeur et de vie rayonnante, les couleurs sombres sont bien sombres, les têtes pâles sont plus pâles, sous ce beau ciel si bleu et si uni les guenilles sont bien plus déchirées.

Nous avons un peu quitté la plaine et repris à gauche en longeant le pied des mêmes montagnes que nous dominions la veille. J'aime à me redire tous ces détails. Il me semble que nous tournons encore dans les chemins du maquis, que j'arrache encore en passant les fruits rouges de l'arbousier et les petites fleurs blanches des myrtes ; nous allons sous des berceaux de verdure, de temps en temps nous nous perdons de vue, tout est vert et frais, et quand on se retrouve dans la plaine, marchant dans les chaumes, tout au contraire est long et lumineux. Quand nos chevaux s'arrêtent, le bruit se tait, et nous ne voyons que l'immense horizon bleu de la Méditerranée qui s'agrandit à mesure que nous montons. La plaine, comme la mer, se déploie aussi de plus en plus, elle agrandit, comme elle, ses perspectives sans nombre. Des masses grises de cailloux vous indiquent dans la plaine quelques petits villages. Dans l'immense baie que la mer découpe devant nous, à quatre lieues en face, était la ville d'Aleria. On nous dit que des flottes pouvaient contenir dans ce port comblé et qu'il ne faudrait qu'enlever les sables pour en faire demain le plus beau du monde. Elle garde un renom de splendeur passée. Quand l'avait-elle ? Personne ne vous le dira ; n'y a sans doute bien des siècles qu'elle regarde ainsi en face l'Italie sans se lever de ses sables et que les lièvres viennent brouter le thym dans les pierres de son aqueduc. Ensevelie dans cette plaine vide et blanche elle me semblait une de ces cités de l'Orient, mortes depuis longtemps et que nous rêvons si tristes et si belles, y replaçant tous les rêves de grandeur que l'humanité a eus.

Cependant nous marchions sur la crête de petites collines, dans des cailloux de cuivre qui ressortaient de sous terre comme des bronzes antiques ; des plantes sauvages poussaient parmi eux, tout était pavé d'airain rouge et noir ; le soleil brillait dessus, et les rayons qui tombaient sur les arêtes saillantes en rebondissaient en paillettes. J'aimais à regarder à gauche la ligne blanche qui bordait la vue et que je savais être l'Italie. Elle s'étendait dans toute la longueur du grand horizon bleu qu'elle contemplait avec une langueur inexprimable. Notre guide nous chantait je ne sais quelle ballata que je n'écoutais pas, laissant buter mon cheval à chaque pierre et tout ébloui, étourdi de tant de soleil, de tant d'images, et de toutes les pensées qui arrivaient les unes sur les autres, sereines et limpides comme des flots sur des flots. Il faisait du vent, un vent tiède qui venait de courir sur les ondes, il arrivait de là-bas, d'au delà de cet horizon, nous apportant vaguement, avec l'odeur de la mer, comme un souvenir de choses que je n'avais pas vues. J'aurais presque pleuré quand je me suis enfoncé de nouveau dans la montagne. Non, ce n'est jamais devant l'océan, devant nos mers du Nord, vertes et furieuses, que les dix mille eussent poussé le cri d'immense espoir dont parle Xénophon ; mais c'est bien devant cette mer-là, quand, avec tout son azur, elle surgit au soleil entre les fentes de rochers gris, que le cœur alors prend une immense volée pour courir sur la cime de ces flots si doux, à ces rivages aimés, où les poètes antiques ont placé toutes les beautés, à ces pays suaves où l'écume, un matin, apporta dans une coquille la Vénus endormie.

Le jour était déjà avancé, et nous n'avions point mangé. De temps à autre nous rencontrions bien quelque hutte en chêne-liège de dessous laquelle ressortaient des yeux noirs brillant comme ceux des chats ; des familles entières accroupies se tenaient au milieu de la fumée sous ces maisons de trois à quatre pieds de hauteur ainsi qu'on nous représente les Hottentots ou les naturels de la Nouvelle-Zélande ; mais toutes ces cabanes n'avaient point d'eau, il fallait donc aller plus loin. Nous en trouvâmes enfin vers i heure de l'après-midi à Acquaviva, petit village ombragé d'une touffe de châtaigniers. Nous sommes entrés dans une maison où le bienheureux capitaine nous a fait déjeuner. Quelques charbons se trouvaient au milieu de la cuisine entre trois ou quatre pierres rangées en carré, la fumée s'en allait au ciel à travers les poutres du toit.

Nous avons été reçus par une vieille femme et par une jeune fille très jolie et fort bourrue, dont les naïvetés gaillardes nous ont fait rire encore deux heures après l'avoir quittée ; mon excellent compagnon, eh se séparant d'elle, se roulait sur le perron, et sa bonne humeur l'a mis en train de me faire des confidences facétieuses pendant une partie de la route que nous avons parcourue, cette fois, l'estomac plein tout en devisant et en pantagruélisant.

Après une journée de dix heures de cheval, nous sommes arrivés à Corte. M™8 Laurelli nous a reçus avec une distinction toute parisienne ; ses manières et sa figure ne sont pas de la Corse, où le beau sexe a les unes et les autres assez peu agréables. Hélas ! il a fallu se séparer le lendemain de notre bon capitaine qui nous a embrassés avec effusion et qui nous a bien promis de venir nous voir en France.

La grande route nous a menés jusqu'à trois heures de Corte où nous avons deux voltigeurs qui, par ordre du capitaine, devaient nous accompagner jusqu'à Piedicroce. Nous nous élevons dans la direction de l'Italie et parcourons une route à peu près semblable à celle que nous avons faite de Bocognano à Ghisoni. Les montagnes de la Corse se montrent à nous de nouveau, et le soleil couchant nous les éclaire encore. Arrivés sur la hauteur où nous avons revu la Méditerranée, elles avaient complètement disparu. Le soir venait et le chemin se faisait de plus en plus mauvais ; il a fallu descendre de cheval et aller à pied. Bientôt nous sommes entrés dans une forêt de châtaigniers, et l'obscurité est devenue tout à fait complète. Notre guide ne contribue pas médiocrement à nous rendre la route désagréable, if s'est enivré à Corte, nous étourdit de ses chansons ; il est baveux, bavard et bravache.

Comme la lune n'était pas encore parue e.t que les arbres étaient touffus, nous marchions doucement de peur de rouler dans les pierres, soutenant nos pas avec la baguette qui nous avait servi de cravache. Toute la vallée était couverte de châtaigniers, et les pentes qui s'étendaient sous nous, les hauteurs qui nous dominaient, tout était sombre, silencieux. Le jour qui pénétrait dans les clairières nous faisait voir de gros troncs d'arbres qui apparaissaient les uns derrière les autres ; de temps à autre nous enfoncions les pieds dans des sources d'eau vive. Notre guide, qui conduisait les chevaux, s'inquiétait d'ailleurs fort peu de savoir si nous le suivions, tout entier qu'il était à l'expansion lyrique que la boisson avait provoquée en lui. Souvent nous nous arrêtions pour reprendre haleine et nous demander si bientôt enfin nous arrivions. Les châtaignes tombaient sur les feuilles, sur la mousse ou sur nos chapeaux. Au loin, au fond de la vallée, un chien aboyait après la lune qui commençait à se lever un peu, toute rousse et entourée de nuages ; quelques lumières brillaient çà et là dans les montagnes voisines et disparaissaient les unes après les autres. Francesco de plus belle reprenait sa chanson ou continuait d'exciter ses chevaux avec cet ignoble cri qu'on retrouve par toute la Corse pour faire aller les bêtes, et qui ressemble à celui d'un homme qu'on assommerait à coups de massue. Ce n'était pas sans raison que le brave capitaine nous a fait escorter, nos deux voltigeurs en effet avaient reçu de lui l'ordre de frapper notre guide au moindre signe de rébellion, et l'un d'eux me paraissait très disposé à lui tirer un coup de fusil. J'avoue que j'eus un moment d'inconcevable rage, lorsque tout fatigué, mourant de soif et désespéré de rien avoir sous la dent, je lui demandai la gourde qu'on avait remplie le matin à Corte, et que le misérable me répondit froidement que le bouchon en était tombé et que tout s'était perdu... Il me sembla alors qu'on m'enterrait vif, et que toutes les colères du ciel étaient en moi ; je m'étais vivement rapproché de lui, haletant, espérant boire, je me voyais déjà saisissant la bienheureuse gourde, je sentais si bien couler dans mon estomac fatigué... j'arrive, rien. On a beau parler des désillusions morales, celle-là fut atroce. Je déguisai ma douleur sous une ironie magnifique dont je ne me rappelle plus la forme, mais elle l'écrasa, et j'eus pour satisfaction de faire rire les deux voltigeurs qui étaient là et qui, comme moi, n'auraient pas été fâchés de boire.

Nous continuâmes encore à marcher dans des chemins de plus en plus mauvais ; de temps en temps nous tâtions avec les mains pour nous guider, et nous tombions dans les grosses pierres ; le bois était toujours aussi sombre, et la lune rongée se montrait seulement pour l'acquit de sa conscience. Je pensais alors aux contes que l'on débite sur les voyageurs égarés dans les bois, et qui aperçoivent au loin une lumière ; ils s'approchent pour demander du secours, c'est une cabane de faux monnayeurs, où pour la plupart du temps ils sont égorgés. Nous avons frappé aussi à une cabane pour savoir si nous étions loin de Piedicroce. Un vieillard est venu nous ouvrir ; il était seul dans sa maison et nous a dit tout d'abord que nous serions mal logés chez lui parce que toute sa famille était absente et qu'on ne pourrait pas nous servir ; d'ailleurs il ne nous restait plus qu'une heure de chemin. Puis il a refermé sa porte, et toute sa cabane est rentrée dans le silence et l'obscurité. Un de nos gens nous a dit qu'à l'air dont il nous avait répondu, ce vieillard, à coup sûr, était resté le seul de sa famille ; tous les autres ayant été tués par vendetta, il se souciait peu de la visite des étrangers.

Nous avons donc repris courage, et continuant d'un pas plus leste nous sommes enfin arrivés à 9 heures à Piedicroce. M. Paoli nous attendait avec son oncle, vieux curé de la commune, qui se tenait à table tout en prenant patience. C'était un petit gros vieillard, tout blanc, en bonnet de coton et en culotte courte ; il sait peu de français et ne nous a guère parlé que pour dire que le clergé devait se mettre à la tête de la nation et charger le fusil, si le sol venait à être envahi par l'Anglais.

M. Paoli, frère du procureur du roi de Calvi, que nous avions vu à Ajaccio, est un grand gaillard mince ; il était décolleté, en veste de toile, il nous a reçus avec beaucoup de franchise et paraît plus gai et plus causeur que ses compatriotes. Pendant le dîner, il nous a parlé de son pays longuement et même avec une rare sagacité. Cet homme, qui s'exprime si purement en français, qui a tant de finesse et de bon sens, n'est jamais sorti de sa commune dont il est le maire, il est vrai, et à qui il porte un amour d'administrateur.

Nos courses en Corse allaient bientôt finir ; le soir même nous devions aller coucher à Bastia. M. Paoli nous a accompagnés jusqu'à Orezza, monté sur une superbe bête qui bondissait sous lui et sautait comme un chevreuil. Le reste de la route, jusqu'à Saint-Pancrace, se fait dans une grande forêt de châtaigniers, sur des pelouses unies. Nous avons plusieurs fois traversé le Golo dont nous avons suivi le courant. A 4 heures du soir enfin nous atteignons Saint-Pancrace, où M. Podesta avait eu l'obligeance d'envoyer la voiture ; ça a été pour nous une chose toute nouvelle de nous sentir traînés sur une grande route et sur de bons ressorts. Bastia paraît de loin étendue au bas du cap Corse, au fond du golfe ; son phare brillait dans les flots, et la nuit était déjà venue quand nous entrâmes dans les rues de la ville.

Il ne nous restait plus qu'une journée, qu'une journée et tout était fini ! Adieu la Corse, ses belles forêts, sa route de Vico au bord de la mer ; adieu ses maquis, ses fougères, ses collines, car Bastia n'est pas de la Corse ; c'en est la honte, disent-ils là-bas. Sa richesse, son commerce, ses mœurs continentales, tout la fait haïr du reste de l'île. Il n'y a que là, en effet, que l'on trouve des cafés, des bains, un hôtel, où il y ait des calèches, des gants jaunes et des bottes vernies, toutes les commodités des sociétés civilisées. Bastiacci, disent-ils, méchants habitants de Bastia, hommes vils qui ont quitté les mœurs de leurs ancêtres, pour prendre celles de l'Italie et de la France. Il est vrai que les petits commis des douanes et de l'enregistrement, les surnuméraires des domaines, les officiers en garnison, toute la classe élastique désignée sous le nom de jeunes gens, n'a pas besoin, comme à Ajaccio, de faire de temps en temps de petites excursions à Livourne et à Marseille pour y bannir la mélancolie, comme on dit dans les chansons ; ces messieurs profitent ici de l'avilissement du caractère national. Malgré tous ces avantages incontestables pour le consommateur, qu'il y a loin de Bastia à Ajaccio, cette ville si éclairée, si pure de couleur, si ouverte au grand air, où les palmiers poussent sur la place publique et dont la baie vaut, dit-on, celle de Palerme. A Bastia, les rues au contraire sont petites, noires, encombrées de monde ; son port est étroit, malaisé ; la grande place Saint-Laurent ne vaut pas à coup sûr l'esplanade qui est devant la forteresse ni la terrasse du cardinal Fesch, où je me suis promené le dernier soir à Ajaccio.

Le palais est inachevé, la lune entrait par les vitres et se jouait dans les grandes pièces nues ; les escaliers étaient vides et sonores. Du haut de la terrasse j'ai revu la baie avec toutes les côtes qui l'entourent. La lune en face se reflétait dans les flots ; suivant qu'elle montait dans le ciel, son image prenait sous l'eau des formes changeantes, tantôt celle d'un immense candélabre d'argent, tantôt celle d'un serpent dont les anneaux montaient en droite ligne à la surface et dont le corps remuait en ondulant ; les montagnes étaient éclairées, et de l'autre côté, au large, à travers les ombres, la grande immensité azurée apparaissait toute sereine.

Les églises de Bastia n'ont rien qui me plaise, fraîchement peintes, luisantes, ornées dans le goût italien.

Nous avons été voir les prisons pour y trouver quelque bon type corse et non pour goûter la soupe comme les philanthropes. Le geôlier d'Ajaccio était un vigoureux gaillard, capable de résister seul à une émeute ; celui de Bastia est geignard et doucereux ; il se plaint de l'exiguïté de son logement, quoiqu'il ait envahi une bonne partie des prisons ; un de ses fils est borgne et l'autre est attaqué d'une maladie de poitrine ; ce dernier, nous a-t-il dit, est un fort bon sujet qui s'est rendu malade à force de travailler, nous n'avions qu'à demander au proviseur... Nous vîmes en effet étendu dans son lit un maigre jeune homme toussant et crachant, pauvre brute ! que l'ambition dévore et qui se tue pour devenir un savant ! Corse, Corse, gagne plutôt le maquis ! là, tu entendras sous le myrte la chanson des rossignols et tu n'auras pas besoin de dictionnaire pour la comprendre, le vent dans la forêt de Marmano te sifflera un autre rythme que celui de ton Virgile que tu ne comprends guère. Allons, philosophe, jette au feu ton Cousin dont tu voudrais bien être le valet, et va un peu le soir t'étendre sur le sable du golfe de Lucia, à regarder les étoiles. Te voilà devenu professeur de philosophie dans ta ville natale, le maire te fait des compliments dans son discours au jour de la distribution des prix, et tu rougis sans doute devant l'auditoire avec une grâce charmante ; tu as des répétitions au collège et des leçons particulières en ville. Eh bien ! homme vertueux, homme d'esprit, homme que tes frères respectent et que ton père regarde ébahi, tu me parais, à te voir ainsi couché dans ce lit avec ton sot bonnet sur ta tête déjà chauve, et ne voyant de jour qu'à travers les barreaux de cette cage que tu illustres, tu me semblés plus misérable, plus stupide et plus condamnable que tous ceux qui sont là derrière la muraille, aigles de la montagne qui soupirent après l'heure où ils pourront reprendre leur volée.

J'ai vu, dans les cellules des prisonniers, un jeune garçon de Sartene qui a porté faux témoignage ; il était condamné à un an de prison, mais il souriait, passant la main dans ses cheveux, il avait un large front et des dents blanches. J'ai vu aussi plusieurs meurtriers qui m'avaient l'air fort heureux ; j'ai revu mon vieux Bastianesi qui va bientôt sortir ; il y avait de plus une femme adultère qui va bientôt accoucher et qui pense au fils qui va naître, et un Génois accusé de viol, qui a une figure fort bouffonne. Tous m'ont fait plus de plaisir à voir que toi, homme à bonne conduite, parce que ceux-là aiment et haïssent, qu'ils ont des souvenirs, des espoirs, des projets ; ils aiment la lumière, le grand jour, la liberté, la montagne ; mieux que toi, savant, ils comprennent l'élégie que soupire le laurier-rose à la brise du soir, le dithyrambe des pins qui se cassent, le monologue de l'orage qui hurle et de la haine quand elle emplit les cœurs vigoureux. Us n'ont point de poitrine étriquée, de membres amaigris, d'esprit sec, de vanité misérable. Je te hais, fils de geôlier qui veux devenir académicien, et il n'a fallu rien moins pour te faire oublier que l'excellent déjeuner que nous avons fait chez Letellier en compagnie du bon Multedo que j'avais retrouvé le matin dans la rue, et des docteurs Arrighi et Manfredi.

Puisque j'ai rendu compte de ma traversée de Toulon à Ajaccio avec une exactitude psychologique, digne de l'école écossaise, je puis me faire le plaisir de parler de celle du retour.

Quand nous avons quitté Bastia, le temps était superbe, la mer calme. La Corse belle me disait un dernier adieu. Pauvre Corse ! il a fallu en quitter la vue bien vite pour aller se clouer dans une étroite cabine où, le corps ployé en deux, je recevais le soleil dans la face. Là, fermant les yeux, étourdi du roulis, suant et soufflant, je m'imaginai être un fort poulet à la broche : l'astre du jour me rôtissait et je ne vous dirai pas quel jus tombait dans la lèche-frite.

Vers 5 heures du soir je me suis résigné à monter sur le pont, où je passai la nuit, enveloppé dans ce gros manteau corse que M. Cloquet avait acheté à Ajaccio. La nuit fut belle, je dormis, je rêvai, je regardai la lune, la mer ; je pensais aux peuples d'Orient qui par la même nuit regardaient les mêmes étoiles et qui s'acheminaient lentement dans les sables vers quelque grande cité, je pensais aussi à mon voyage qui allait finir, je regardais le bout du mât se balancer à droite et à gauche, j'écoutais le vent siffler dans les poulies et, à travers les écoutilles, les bruits des vomissants montaient jusqu'à moi ; j'avais pour eux le dédain du bonheur.

Le matin, quand nous longeâmes les côtes de la Provence, le temps devint rude, les flots fumaient à l'horizon, notre navire s'avançait lentement et rudement secoué, et sa proue pointait dans l'eau. J'ai fait la conversation avec un officier qui a entré en fraude une grande quantité de tabac corse, et avec un épicier qui m'a pris pour un commis voyageur. Allons, finissons-en vite, arrivons au port, puisque nous sommes en rade. C'est en vain que depuis huit jours je suis à m'amuser à ceci, il faut bien plier la feuille, tout cela à deux mains, et quitter le passé, lui qui vous quitte si facilement. J'ai fait le traînard tant que j'ai pu, me promenant cent fois d'Ajaccio à Bastia, de Ghisoni dans la forêt de Marmano, revenant sur mes pas, revoyant les sentiers parcourus, ramassant des feuilles tombées, me jouant avec mes souvenirs comme avec de vieux habits ; il faut se hâter de finir mon voyage qui, du train que je mets à le raconter, pourra bien finir au mois d'août prochain.

Je vous fais grâce du bagne et de l'arsenal, de la description pittoresque et des réflexions humanitaires, j'aime mieux dire qu'un certain soir encore j'ai été à la bastide de Lauvergne. La mer vient battre au pied de sa terrasse ; à gauche il y a une anse dans le rocher, faite exprès par les Tritons pour y nager aux heures de nuit ; de dessus un tombeau turc qui sert de banc, on voit toute la Méditerranée ; son jardin est en désordre, l'herbe pousse dans les murs, la fontaine est tarie, les cannes de Provence sont cassées, mais l'éternelle jeunesse de la mer sourit en face à chaque rayon de soleil, dans chaque vague azurée.

Si je demeurais à Toulon, j'irais aussi tous les jours au jardin botanique ; ce serait peut-être une sottise, car il est choses dont il ne faut garder qu'une vision, comme Arles, par exemple. Que le cloître Saint-Trophime était beau, à la tombée du jour ! Des femmes venaient puiser de l'eau dans le puits de marbre qui se trouve là, à droite en entrant. Les femmes d'Arles ! quel autre souvenir ! Elles sont toutes en noir ; elles marchaient, il m'a semblé, deux à deux dans les rues, et elles parlaient à voix basse se tenant par le bras. J'en ai revu une à Toulon, elle s'en allait aussi la tête penchée un peu sur l'épaule, le regard vers la terre ; avec leur jupe courte, leur démarche si légère et si grave, toute leur stature robuste et svelte, elles ressemblent à la Muse antique.

Il faisait du mistrao à Toulon ; nous étions aveuglés de poussière. Une fois entrés dans le jardin, je ne sais si cela tient aux murs qui nous abritaient, l'air est devenu calme. Après la maison du concierge, il y a quelques petites maisonnettes en bois qui servent de serres ; des cages d'oiseaux étaient attachées aux murs extérieurs, elles étaient remplies de gazouillements et de battements d'ailes. Je vis là sous de grands arbres pleins d'ombrages, à côté d'un banc de gazon, deux ou trois forçats qui travaillaient au jardin ; ils n'avaient ni gardechiourme, ni sergents, ni argousins ; on entendait pourtant leur chaîne qui traînait sur le sable.

Tandis que les autres étaient au bagne à soulever des poutres, à clouer la carcasse des vaisseaux, à manier le fer et le bois, ceux-là entendaient le bruit du vent dans les palmiers et dans les aloès, car il y a là des roseaux de l'Inde à forme étrange, et des bananiers, des agaves, des myrtes encore, des cactus, toutes ces belles plantes des contrées inconnues, sous lesquelles les tigres bondissent, les serpents s'enroulent, où les oiseaux bigarrés perchent et se mettent à chanter. Il me semble que cela doit leur amollir le cœur de vivre toujours avec ces plantes, avec ce silence, cet ombrage, toutes ces feuilles petites et grandes, ces petits bassins qui murmurent, ces jets d'eau qui arrosent ; il fait frais sous les arbres et chaud au soleil, le vent agite le branchage sur le treillis, il y a du jasmin qui embaume, des chèvrefeuilles, des fleurs dont je ne sais pas le nom, mais qui font qu'en les respirant on se sent le cœur faible et tout prêt à aimer ; des nénufars sont étendus dans les sources, avec des roseaux qui s'épanchent de tous côtés. Le vent avait renversé les arbustes et il agitait les palmiers dont le faite murmurait, deux palmiers, de ceux qu'on appelle rois ; ils sont au bout du jardin, et si beaux que j'ai compris alors que Xercès en eut été amoureux et, comme à une maîtresse, ait passé à un d'eux autour du cou des anneaux et des colliers. Les rameaux du haut retombaient en gerbes avec des courbes douces et molles, ce mistrao qui soufflait en haut les poussait les uns sur les autres en leur faisant faire un bruit qui n'est point de nos pays, le tronc restait calme et immobile, comme une femme dont les cheveux seuls remuent au vent. Un palmier pour nous c'est toute l'Inde, tout l'Orient ; sous le palmier l'éléphant paré d'or bondit et balance au son des tambourins, la bayadère danse sous son ombrage, l'encens fume et monte dans ses rameaux pendant que le brahme assis chante les louanges de Brahma et des Dieux.

C'était fini du Midi ! A Marseille il faisait froid, tout se rembrunissait et sentait déjà le retour. Il y aurait pourtant de l'injustice à ne rien dire du dîner d'adieu chez M. Cauvière. Il a une petite salle romaine en pierre de taille, voûtée, pavée de marbre, comme Horace devait en avoir une ; je vous réponds qu'il s'y est bien bu du bon vin, qu'il s'y est dit bien des choses spirituelles. Ce fut un dîner exquis en tout point, comme les rois n'ont pas l'esprit d'en faire, où il y eut, dit Commines, « toutes sortes de bonnes épices qui font boire de l'eau point » ; les mets, les vins, le langage, tout cela eut un caractère à part, bon jusqu'à l'excellent, original et de bon goût ; l'ivresse et la plaisanterie allèrent jusqu'à ce point délicat où l'on ne perd ni l'esprit ni la décence, il y avait des dames. Il faudrait une autre mémoire et une autre plume surtout pour vous rapporter' cette délicieuse soirée, les lumières étaient douces, tout allait harmonieusement, Porto se promenait lentement autour de la table à la manière des grands animaux ; le soir on nous apporta sur la table une colonne de tabac de Lataki, avec des pipes de bambou ; nous bûmes, en fumant, un vin spécial appelé Lep-Fraidi, je n'en écris pas plus.

Avant de m'emboîter pour Paris, j'ai été dire un dernier adieu à la Méditerranée. Il faisait encore beau sur le quai, le soleil brillant, le mistrao ne soufflait pas, le ciel était pur comme le jour où j'y fus avant de partir pour la Corse, alors que j'avais devant moi encore, et dans un rose horizon, un mois de beau temps, d'excursions libres, encore tout un mois de Méditerranée et de grand soleil. Les navires étaient attachés sur le quai par des câbles tendus, néanmoins ils remuaient un peu, comme les cœurs par les temps plus calmes, aussi amarrés au rivage, font des bonds qu'eux seuls sentent, pour repartir au large. J'ai encore vu quelques pantalons plissés, des pelisses arabes, des dolmans turcs, et puis il a fallu repartir, tourner le dos à tout cela, sans savoir quand je reverrai ni Arles, ni Marseille, et la baie aux Oursins, et les golfes de Liamone, de Chopra, de Sagone, le Prato, la plaine d'Aleria.

La première page de ceci a été écrite à Bordeaux dans un accès de bonne humeur, le matin, la fenêtre ouverte ; la rue était pleine de cris de femmes, de chansons, de voix joyeuses.

Maintenant il pleut, il fait froid, les arbres dépouillés ont l'air de squelettes verts ou noirs. Au lieu de partir bientôt pour Bayonne, pour Biarritz, pour Fontarabie, me voilà empêtré dans des plans d'études admirables, ayant cinq ou six fois plus de travaux qu'un honnête homme ne peut en accomplir ; dans un mois ce sera la même chose, je serai à la même table, sur la même chaise et toujours ainsi de même. Mais je me console en pensant que cet hiver je pourrai boire quelquefois du Champagne frappé et manger du canard sauvage ; et puis quand reviendra la saison où les blés commencent à mûrir, je m'en irai aussi dans les champs ou dans les îles de la Seine, je nagerai en regardant les arbres qui se mirent au bord, je fumerai une pipe à l'ombre, je laisserai aller ma barque à la dérive vers 5 heures, quand le soleil se couche, mais non !

Car je retournerai à Bordeaux, je passerai SaintJean-de-Luz, Irun ; j'irai en Espagne. Il serait trop stupide en effet qu'un homme bien élevé n'ait pas vu l'Andalousie ni les lauriers-roses qui bordent le Guadalquivir, ni l'Alhambra, ni Tolède, ni Séville, ni toutes ces vieilles villes aux balcons noirs, où les Inès chantent la nuit les romances du Cid.

Mais, de grâce, Arles aussi, et Marseille également, et Toulon, parce que je désire avant de mourir dîner encore deux ou trois fois chez M. Cauvière. Plus loin même, je dépasserai la bastide de Raynaud et j'irai à Venise, à Rome, à Naples, dans la baie de Baia, puisque je relis maintenant Tacite et que je vais apprendre Properce.

Mais la Méditerranée est si belle, si bleue, si calme, si souriante qu'elle vous appelle sur son sein, vous attire à elle avec des séductions charmantes. J'irai bien en Grèce ; me voilà lisant Homère, son vieux poète qui l'aimait tant, et à Constantinople, à qui j'ai pensé plus d'heures dans ma vie qu'il n'en faudrait pour faire d'ici le voyage à pied, ayant toute ma vie aimé à me coucher sur des tapis, à respirer des parfums, regrettant de n'avoir ni esclaves, ni sérails, ni mosquées pavées de marbre et de porphyre, ni cimeterre de Damas pour faire tomber les têtes de ceux qui m'ennuient.

Oh ! moi qui si souvent en regardant la lune, soit les hivers à Rouen, soit l'été sous le ciel du Midi, ai pensé à Babylone, à Ninive, à Persépolis, à Palmyre, aux campements d'Alexandre, aux marches des caravanes, aux clochettes des chamelles, aux grands silences du désert, aux horizons rouges et vides, est-ce que je n'irai pas m'abreuver de poésie, de lumière, de choses immenses et sans nom à cette source où remontent tous mes rêves ?

Povero ! Tu iras dimanche prochain à Déville, s'il fait beau ; cet été, à Pont-l'Évêque.

Encore un mot : Je réserve dix cahiers de bon papier que j'avais destinés à être noircis en route, je vais les cacheter et les serrer précieusement, après avoir écrit sur le couvert : papier blanc pour d'autres voyages.